Ernst Scharrer

Dialoge

höherer Art
(häichera Oard)

aus Franken

Bibliografische Information
der Deutschen Bibliothek

Die Deutsche Bibliothek verzeichnet diese Publikation in
der Deutschen Nationalbibliografie; detaillierte
bibliografische Daten sind im Internet über
http://dnb.ddb.de abrufbar.

© 2009 Alle Rechte liegen beim Autor.
Herstellung und Verlag: Books on Demand GmbH,
Norderstedt
ISBN 978-3-8391-5512-7

INHALT

LIEBESSCHWÜRE

Jaaa, der Baumhangler Ignaz gibt mir die Ehre. „Grüß Gott, Grüß Gott! Das ist aber schön, dich bei mir mal wieder zu sehen. Kann ich denn auch was für dich tun?"

„Griss Gott Herr Pfarrer. I hoff hald, dass Sie wos firmii denna kenna ...äh , tuen können."

„Gut so Ignaz. Nur die Hoffnung nicht aufgeben! Also, raus mit der Sprache; frisch und frei von der Leber weg. Willst beichten?"

„Awer naa, des brauchds zur Zeid ned. Zur Eheberodung bin i kumma."

„Zur Eheberatung? Du bist aber doch schon vierzig Jahre mit deiner Lisbeth verheiratet?"

„Noja scho, aweraa nach verzg Joahr ... i maan nach vierzig Jahren, brauchds amol an Rohdschloch."

„Freilich, das gibt es. Aber wo hast du denn deine Frau gelassen? Eheberatung, - dazu gehören zwei!"

„Mei Frah? Däi waß ja iewerhabbd ned, dassi dou bin."

„Hm, - das musst du mir schon etwas näher erklären."

5

„Noja, es gäihd um däi alde Schdanduhr vo der Lisbeth ihrm Großvadder. Däi regdmi inzwischn midihrm dauerndn Schlohng därmaßn aaf, dassi jedesmol fuxdeiflswild wärd. Der Dunnerwedderabbarad der damische. "

„No no no no, Ignaz, wir wollen doch hier nicht fluchen."

„Naa, wolln doui des ned. Awer wennanhald amol di Gall iewerläffd ... überlaufen tut. Dabei hobberer .. äh ... habe ich ihr – meina Lisbeth maani – ganz ruhich den Vuhrschloch gmachd, des alde Schdigg in`n Hühnerschdall niewerzuschdelln, damid der Fux abgschreggd wärd, durch des verdlschdindliche Bimbam. "

„In den Hühnerstall? Nun ja ..."

„Genau wäi Sie sohng, Herr Pfarrer. Mei Lisbeth hodd gladd abglehnd. Radigol! Des Schdigg seierer lieb und daier, hodds gsachd, und sie lassad ... sie ließe es nicht vo Hahn und Henna vullkaggng. "

„Nunja, die Meinung deiner Lisbeth kann man in gewissem Umfang nachvollziehen."

„Maanas Herr Pfarrer ... meinen Sie? Noja, isetz ja aa worschd, hilfd eh scho nix mähr. Jednfalls hodds gsachd, die Lisbeth, di Dadsach, dassi ihr Ärbschdigg ned achdn däd, sei der bessde Beweis dassisieselwa ... dass ich sie selbsd, aa nimmer achdn däd. "

„Da greift sie aber ein wenig zu weit, die Lisbeth!"

„Genau des hobberer gsachd Herr Pfarrer, genauisselwe. I bin sogoar no weida ganga und hobb ohgfiechd… habe angefügt, dass i sie ned blouß achdn dou, sondern dassimer … dass sie mir ehmfalls lieb und daier is."

„Das finde ich ein sehr schönes Kompliment von dir, Ignaz, nach vierzig Jahren Ehe. Das hat deine Lisbeth bestimmt genau so gesehen."

„Iewerhabbd ned … überhaupt nicht, Herr Pfarrer."

„Wieso? Was hat sie denn gesagt?"

„Nix hodds gsachd. Aane neig`haud hoddsma."

„Tatsächlich? Eine Ohrfeige?"

„Und wos firan Schwinger! `Woos` hodds brülld, `iich und daier, woui jede zweide Dauerwelln selwa mach?!"

„Ja, hast du denn dieses Missverständnis nicht sofort aufgeklärt, Ignaz?"

„Selbsdverfreili! `Awer Lisbeth,` hobbi gans besänfdignd gsachd, `liebe Lisbeth, du bisdmer ned bloß die Libbsde, sondern aa wärgli die Daiersde!"

„Und?"

„Glei nuamol hodds ma aane neig´haud!"

„Ach du liebe Zeit, was machen wir denn da?"

„Deswehng binni ja zur Eheberodung kumma, Herr Pfarrer. I hädd a Bidd an Sie."

„Aber gerne."

„Kennas mei Lisbeth iewadie Zammhäng ... über die Zusammenhänge, ned aweng aafklärn? Sie isma nämli wärgli lieb und daier."

„Hm, natürlich kann ich vermitteln. Trotzdem würde ich an deiner Stelle, unter den gegebenen Umständen, das Wort teuer vermeiden."

„Wohrscheinli hams rächd. – Wos solli zukinfdi denn dann sohng?"

„Nun, ich würde sagen: lieb und wert!"

„Aha,- lieb und wärt. – <u>Wärt</u> homs gsachd, Herr Pfarrer? <u>Wärt?</u> ... Auwäi, - dann wärds daier, Herr Pfarrer, dann wärds daier!"

METAMORPHOSEN

„Konnsderdu vuhrschdälln wosd machng dädsd wennsd <u>ka</u> Wurm worn wärsd?"

„Dou bini etzerdla fei beinouh iewerfrochd."

„Awer blouß beinouh. Des haßd also, du wissesd evndwell scho, wosd machng dädsd?"

„Nuja, zärschd dädama zrächdlehng, wos i anschdadd vonan Wurm hädd wärn wolln."

„Und des wär?"

„Mei, dou gidds hald saumäßich vill Meglichkeidn."

„Nuja, braugsd ja ned alle aafzilln. Awer villeichd a boar enscheidnde, zon Beischbüll: a Hähnchen."

„Häraaf, desisdochka Lösung. Villeichd goar a Brohdhähnla?! Däi ham doch a vill zo korze Leemsdauer. Dou wärija schowidder hie, bevuhri `s ärschdemol a Henna beschdieng hädd!"

„Odder villeichd umkährd? A Henna!"

„Willsdi du edwa goar selwa umbringa? A Henna, - dou mäißdidi ja fressn. Bleibma midenna vom Hals. Des dauernde Gegagger! Nedamol zwansg Zendimeeda im Buudn drin, hodd ma sei Rouh. Zwaadns bini a männlicher Wurm. Und ananer Gschlächdsumwandlung hobbi schoglei goarka Indresse."

„Dou hosd aawidder rächd. Iich mechdaa a Mannsbild bleim. Awer wäi wärs goar middan Menschn?"

„Däi sin ja genausu wäi di Henna! Gaggern und babbln vo fräih bis ind`Nachd; dahamm, aafm Margd, im Wärdshaus, in der Schdrassaboh, im Bedd, im Radio, im Fernsehng, in der Kärch; dabei haaßds, dassma einsd Rechngschafd ablehng mou fir jeds unnütze Word. Menschn? Naa, där Schlooch vo Leweweesn wär firmii ned zu erdrohng."

"Schdimmd scho wosd sagsd. Am bessdn, ma bleibd bei seina Gaddung."

„Nofreili! Und wir Wörmer hom ja wärgli a räschbeggdable Gaddung! Mir kenna scho wos vuhrweisn: Reengwürmer, Waddwürmer, Bandwürmer, Ohrwürmer, Hulzwürmer, Mehlwürmer, Obstwürmer! Is des edwa nix?! Außerdem is dou ja aanu der Datzlwurm."

„Du maansd wohrscheinli den Lindwurm?!"

„Den hobbi ned aafzilld, wallsn nimmer gibbd. `n letzdn hoddja der Siegfried derschlohng."

„Awer aa blouß, waller des Zauwerschwerd g`habbd hodd. Wos andersch kennas ja ned, die Menschn, als mid faule Trix ärbärdn."

„Des derfd awer laud sohng. Wenn däi ihr ganses Graffl vo Dechnigg ned häddn und blouß aaf ihre

Arm und Baa ohgwiesn wärn, mei Läawa, <u>dou </u>wärns villeichd arme Wörmer!"

DIE KRAWATTE

„Ja grießdi Fanni! Dou wohndma Dier an Dier und etz driffdmasi aasgrechnd am Ostermargd."

„Hallo Gunda, hallo Konrad! Schauderaich aa aweng um?! Du hosd zwoar imma an ganz bsondern Gschmagg, Gunda, awer bei där Auswohl haier, findsd beschdimmd wos fir diich."

„Um mii gäihds haid amol ned, es gäihd blouß uman Konrad. A Grawaddn braucheder hald."

„A boar Dibbs als Nachbarri häddi dou fir aich. Woarder scho beim Eurohammer?"

Konrad nickt und sagt: „Dou woar alles …"

Gunda unterbricht: „Konrad! - Lou mii redn! - Dou woar scho alles ausgsuchd, Fanni."

„Und beim Diskaundhansl?"

Konrad nickt und sagt: „Dou woarnmer …"

Gunda unterbricht: „Konrad! - Lou mii redn! - Dou woarnmer aa scho. Alles zo modern."

„Und beim Eurokiller?"

„Konrad nickt und sagt: „Dou wär scho …"

Gunda unterbricht. „Konrad! … ! Dou wär scho wos dabeigween Fanni, awer vill z`daier. Däi nehmas ja vodi Lewendichng."

„Ja, dann bini midmeini nachbarlichng Vuhrschläch am End. Schohd, dasseskan billichng Jakob mähr gibd. Awer villeichd schauderamol zu der Buudigg nei, am End vom Margd."

Konrad nickt und sagt: „Douhie simmer …"

Gunda unterbricht. „Konrad! - Lou mii redn! - Douhie simmer grod am Weech. - Und wosi nu sohng wolld, Fanni, kumm doch haidohmd aaf an Schbrung riewa. Dann bisdnedsu allaa."

Konrad nickt und sagt: "Mir hom aa scho …"

Gunda unterbricht. „Konrad! ... ! Mir hom aa scho a boar Eia gfärbd."

„Dankschee firdi Eilodung, Gunda. I kumm. Dschüss aansdweiln!"

Auf dem Weg zur Boutique findet zwischen Gunda und Konrad noch folgendes Gespräch statt. „Konrad, gell! Däi Fohrerei midder Schrassaboh hodd bishär scho sex Euro und sechzg ausgmachd. Mähr als dreivärzg deaff däi Grawaddn nimma kosdn. Und wemma etz dordn sin, bei der Buudigg, dann laßdi ned midder Vakeiferi ei. Lou mii redn!"

Abends 20.^{30} Uhr.
Nachbarin Fanni folgt der Einladung

„Konrad, du hosd ja die naie Grawaddn scho um. Des isi doch, gell Gunda?"

„Mhm! Wos saggsdn dazou, Fanni?"

„Sochamol Gunda, wer hoddenn aich dees Drumm aafgschwatzd? Des is doch ka Grawaddn, des is di reine Granggheid."

Konrad nickt und sagt: „Suu siechi des aa ..."

Gunda unterbricht. „Konrad! ...! Suu siechi des aa widder ned. Wenns nach där Vakeiferi ganga wär, dann häddsnan aane fir zwölf Euro sibbzich naafg`hängd. - Awer dou bini dann dazwischnganga."

„Also Gunda! Dou moui fei firn Konrad Eischbruch eileeng. Den Galgngschdrigg kooma ned loun. Konrad, der Ostersmargd hodd morng nu offm. Iich gäih middir! Die Schdrassabohford iewernimm iich. Den Schlauch dauschnmer um."

Konrad nickt und sagt: „Ii wolld ..."

Gunda unterbricht. „Konrad! - Lou mii redn! Iich wolld aich blouß draaf aafmergsam machng, die Breisgränz vo drei Euro verzg eizhaldn."

„Awer Gunda, du kennsd doch dei Nachbarri, die Fanni.- Konrad, wos fira Farb willsdenn gern hom?"

„Gelb, midsolchene ..."

Gunda unterbricht. „Konrad! Lou etz mii redn! Gelb midsolchene blaue Elefandn schdäihdn iewerhabbd ned, - midseim Keesgsichd, des machdn blouß ..."

Fanni unterbricht. *„Etz läßd amol mii redn! - Wenn der Konrad Gelb mit Elefandn will, dann sollesdnern däi Fraid gönna, Gunda!" Gell Konrad, mir zwaa wärn däi Sach scho mänädschn!"*

Konrad nickt und sagt: „Dou bini …"

Gunda unterbricht. „Konrad! ... ! Dou bini nunisu iewerzaichd. Awer dees lou der gsachd sei Konrad, wenn däi drei Euro verzg ned eig`haldn wärn solldn, dann konnsd iewer Ostern glei midderer Fassdnkur ohfanga."

„Also Gunda! Iich, di Fanni, bin ned nur dei langjähriche Nachbarri, sondern aa dei bessde Fraindi. Awer wäi du vuhr meine Aung imma middm Konrad umschbringsd, des konni nimma midohschaua. Wassd, mer derff die frauliche Solidaridäd aaned iewerschdrabaziern. Des mou amol gsachd sei. Konrad gell! - wenn di dei Frah wecha die drei Euro verzg iewer Ostern - aasgrechnd etz im Frihjoahr - aashungern will, na meldsdi, na wärd iewer die Feierdoch ehm bei mir gessn."

Konrad nickt.

VERDREHT

„ W alls allerwall su bemmsd hodd, sie däd im Theoda nix sehng, hobbi meiner Frah zum Gebordsdoch a niedligs klaans Obernglos kaffd - `s Resuldod woarn blouß Aafrechunga."

„Gäih sooch?!"

„Wäi wenn der dridde Rang völlich aas der Weld wär, beichdsisi imma su färchderli weid iewers Gländer naus, dass Kupf und Gsichd wäia Vullmond iewern Bargedd hänga."

„Allmächd, däsis fei gfährli!"

„Wem saggsdn des?! Awer sie mou ja jedn Knuupf und jede Lockng vodi Schauschbüller sehng."

„Noja, wenns umdi Mode gäihd, na kennamasja, unsre Holdn."

„Bei der letztn Aafihrung vo `Di lusdichn Waiwa`, hodds midihre doodscherdn Finga su lang an der Scharfeischdellung rumdrehd, biserer `s Glos auskumma und noogsausd is, ins Bargedd."

„Mei, - hodds jemandn derschlohng?"

„Naa, - aner Madam middan riesichng Hoardurban is des Ding aafm Kupf dunnerd, vo dou widder houchgfäderd und direggd in ihrm Schuuß lieng bliem."

„Des wärd a Gschraa gehm hom."

16

„Iewerhabbdned! Däi bedroffene Gedroffene hodd des Glos seelnruhich gnumma undamied `s Glotzn ohgfanga."

„Gäih sooch?!"

„Wenneder sooch! – In der ärschdn Bause bini glei zuerer noo und wolldmi enschuldichng. Awer i hobbs ned gfundn."

„Wohrschainli woars aaf der Doaleddn,"

„Scho meechli. – In der zweidn Bause is dann mei Frah noo. Dou is di Madam an der Boar gschdandn, hodd Seggd gsuffm und midunsan Obernglos im Grais rumgschaud. Awer mei Frah is vuhr lauder Lait ned an sie rohkumma."

„Ja, wos habbderdenn dou gmachd?"

„Nuja, am Schluß voder Aafihrung hammas in der Vuhrhalln abassd. Unsa Obernglos hodds immanu uman Hals g`habbd. Awer i hobbmi ned schenierd und hobb des Glos fraindli zrickverlangd. Enschuldichd hobbimi nimma. Awer, wos dengsd wos däi zo mir sachd?"

„Doch hoffadli nix, wos middm Grichd zu dou hodd?!"

„Ahwo! Houchdaitsch hodds gredd. Ohgebli hodds gmaandg`habbd, der vuhrnehme Hindermoh vo ihr hädds ihr gfällichkeitshalba aafm Schuuß glehchd.

Leida häddsn am End im Gwühl valuhrn. Indi näxdn Dooch wärs awer glei aafs Fundamd ganga."

„A sua verluhngs Drumm. "

„Undann hodds nu gsachd, dassdees Glos iewerhabbd nix daung däd, wallma alles blouß ganz klaa und winzi säched."

„Gäih sooch?! Klaa und winzi? "

„Mei Frah hoddäi Gridisiererei nimma midohärn kenna und hoderer villeichd die Lefiddn gleesn."

„Su g´härd si des aa. "

„Awer däi Houchdaitsche hodd nix geldn loun. `Sehen Sie doch selbst` hodds gschria und hodd meina Frah des Glos vuhr die Aung g´haldn,"

„Und, - wos woar nacherd? "

„Ärschd aafm zweidn Blick hobbi gsehng, wos fira bläide Sunna des woar. Indeemi mei bessds Houchdaitsch zammgratzd hobb, hobbi gsachd: `Gnädige Frau` hobbi gsachd, ` wenn Sie natürlich das Obernglas verkehrdherum an ihre Augen halten, - dann is dees, was sie sehng genau so winzig wäi ihr Verschdand."

„Und dann? "

„Hobbi unsa Obernglos kommendarlos widder g´habbd."

AUF DER BRÜCKE

(frei nach Christa Barth)

„Undou willsdetz nooschbringa?"

„I hobb hald gmaand ... "

„Aha, du hosd gmaand. Und wos hosd gmaand?"

„Ach nujaa ... "

„Dessachdma gornix. Iewerhabbd, - moudenn des sei?"

„I hobb hald gmaand ... "

„Sei verninfti, gennama weida!"

„Ach naa ... "

„Kumm scho, mach hia middn aaf der Briggng ka sua Gaudi."

„Des is ka Gaudi"

„Ja weswehngdenn schbringa?"

„Ach nujaa ... "

„Und an mii dengsd iewerhabbd ned? Undes Gschaiß dessi hinderhär hobb mideine Babiere?!"

„I hobb hald gmaand ..."

„Also dees lassder gsachd sei: Mein Seeng dazou hosd ned!"

„Dou sichdma amolwidder, wos du fira Fraindi bisd!"

„Aaf däi Duur braugsdma gorned ohfanga. Maansdvilleichd des sin schäine Ausichdn? Des ganze Palava vodi Nachbern, di Frogerei der Bolizei, vom Schdoodsohwald ...?!"

„Häraaf, du maggsdan ja Angsd!"

„Is doch aweraa woar! A gschdandne Frah und sua Bleedsinn ..."

„Iich, - unda Bleedsinn? Wennsdscho suu vommer dengsd, na schbringi etz ärschd rächd."

Vier Tage später im Krankenhaus

„Hodd etz des uhbedingd sei mäin? A dobblder Baabruch wehngan Hupfer vo zwaa Meeda houch?"

„I hobb hald gmaand ..."

„Wos du imma maansd. Und ii hobbetz die Rennerei middeiner Kranggngkassa!"

„Ach nujaa ..."

„Und mideim verzuhngnan Koder."

„Ach nujaa ..."

„Und mideina schaißlichng Hausordnung undeim verrosdedn Kihrichdaamer."

„Ach nujaa ..."

„Und middm dauerndn Ohrufm vo deim Milchmoh."

„Wennsdetz ned aafhärsd, schbringi baa nexder Gleengheid glei nuamol."

DIE VENUS

„A ganz nais Buch hams rausbrachd. Dou schreims, dass vuhr 13.000 Joahr die Venus den Jupiter beinouh aas der Bohn brachd hädd. Vo dou ab schdäihd bei dem nimmer alles suu wäis schdäih sollad."

„Vuhr 13.000 Jahr? Dessis fir asdronomische Verhäldnisse nu goarned su lang här."

„Schdimmd, asdronomisch gsehng, a Katzasprung."

„Und wäi hoddsn des eingdli gmachd, di Venus?"

„Ohg`huddsd hoddsn, den Jupiter. Wäis di Frauen hald su machng."

„Siggsdes, nedamol bei di Stern is underananda a Rouh."

„Gwadsch! Die Außerirdischn woarns. Däi hom des bewärgschdellichd. Däi wolldn, dasses durchdi emminende Hitz beim Zammenschdouß vodenna zwaa, beim Jupiter zündd, er dann enflammd und doudurch zuara zweidn Sunna wärd. Awer es hoddned glabbd. Der Jupiter woar für die Venus z`grouß."

„Mein liewer Kokuschinski! Dou hamma awer nuamol Glick g`habbd, - vuhr 13.000 Joahr. A zweide Sunna hädd uns völlich zammbrennd."

„Radibuz! Mit Haud und Hoar."

„Allmächd! Däi Venus lichd im Sunnasisdeem glei neewa unserer Ärdn. Wenn däi Außerirdischn widder kummadn und die Venus an uns hiehuddsn lasserdn? Des däd unser Ärdn ja goarned aushaldn."

„Ka aanziche Sekundn. Mir fläichaden zärschd völlich aas der Bohn, ohschliesnd aasn Sunnasisdeem naus und dädn im Weldall verschwindn. Aaf Nimmawiddersehng verschwindn."

„Siggsd, wallsd grod vom Verschwindn reddsd. Aaf unserer Ärdn gibbds ja aa su Venusgschichdn: `s Venusdreieck midseim Gehahmnis, zum Beischbüll."

„Du maansdes Bermudadreieck in der Karibik. Des hoddawer midder Venus nix zu dou."

„Awer middm Verschwindn. Düsndscheds und ganze Schiffe homsidordscho in Lufd aafglösd. Aafach wegg."

„ Ja,ja, dem Gehahmnis sins bishäa allerdings nuni aaf di Schbuur kumma."

„Fir mii is des goarka sua grouß Gehahmnis. Däi Venus schbilld immahie a beherrschnde Rolln am Ohmd. Di massdn Menschn wendn sich ihr zu, - i maan, schaua nach ihr."

„Wos willsdn doumied sohng?"

„Daß sie ungehaire Ohziehungskrafd hodd."

„Awer dochned fir Düsendscheds und Riesnschiffe! Aaßerdem is däi als Schdern aa blouß su grouß wäi unsa Ärdn."

„Noja, ma kennds ja! Scho im Schbrichword haaßds `Gleich zu Gleich gesellt sich gern`. Werwass, wou däi Venus bishär scho iewerall ohg`huddsd is, wos däi scho alles miedgnumma hodd und wos in där scho alles verschwundn is?!"

AM BACH

„Wenni dem Blätschern dou su zouschau, frogimi ob des Wasser denggng koo?"

„Gwadsch! A Wasser koo doch ned denggng. A Wasser is a Wasser."

„Etz nimmsdi Sach awer aweng zleichd. Dou, schau amol in den Bach nei. Des Wasser läffd imma indi gleiche Richdung; des wassgenau wohies will. Also koos denggng. "

„Des Wasser läffd deshalb suu, walls imma bergab läffd."

„Und wouhär wasses wous bergab gäihd? Walls denggng koo."

„Schmarrn! Des Wasser folchd allaa dem Gefälle."

„Dassi fei ned lach! Schauderdochamol däi Wiesn dou oh. Däi is ehm wäi a Bredd. Wenn der Bach ned wär, wissesduudann wous bergab gäihd?"

„Aaf Ohieb nadierli ned."

„Siggsd, etz mergsdes selwa. Firs Wasser wär däi Wiesn ohne Bach ja aa ärschdamol breddehm. Drotzdem hodds soford g`wussd wouhies mou. Walls hald denggng koo!"

„Des däd ja haaßn, wall beianer ehbnen Wiesn `s Wasser wass wous bergab gäihd, awer wir Menschn ned, dass wir Menschn ned denggng kennadn?!"

„Ned umsunsd haaßds scho im aldn Volgslied :
`Vom Wasser haben wir`s gelernt`!"

„ `s Wandern, ja! Awer ned `s denggng!"

„Jednfalls, wemma vo irchndwos wos lernd, dann is
des Irchndwos ned `s Dimmsde. "

HÖRFEHLER

„Angeklagter, anlässlich einer politischen Debatte mit dem Kläger, sollen Sie zu ihm, in Anwesenheit seiner minderjährigen Kinder und einem erwachsenen Zeugen gesagt haben, Zitat in Hochdeutsch: `Wenn ich so etwas schon höre, könnte ich kerzengerade in die Luft sch....` Zitatende. Das letzte Wort Ihrer Rede habe ich in Anbetracht der Würde dieses Gerichtssaales bewusst nicht vollumfänglich ausgesprochen."

„Undees, wos Sie ned gsachd ham, soll ii gsachd hom, - iich? "

„Jawohl, und zwar so deutlich, dass die Kinder sofort zu ihrer Mutter rannten und gerufen haben: `Mutti, hörmal, was der Mann zu Papa gesagt hat`, und dann hat - jedes Kind einzeln - Ihren Ausspruch nochmals wiederholt. - Die Mutter war entsetzt! "

„Völlich zu Rächd Herr Rahd, völlich zu Rächd. Dou wäriichaa ausn Haisla grodn, wenn meine Kinder midsolchene Ausdrigg dahärkumma dädn. – Wou na däi Jugnd des imma härhodd? "

„Ja merken Sie denn nicht, Angeklagter, dass das auf Sie selbst zurückgeht? Der zusätzliche Zeuge bestätigt das ja! "

„ Wos hilfdmadenn Ihr ganzer Zaiche, Herr Rahd, wennimi in kaner Weis mähr erinnern koo. Und woumasined erinnern koo, dou komma aa nix zougehm. "

„Angeklagter, mit Abstreiten allein werden Sie wohl nicht durchkommen! "

„ Unzweidns, Herr Rahd, a sua hundsgemeine Schbroch dädi nie in mei Schlabbern nehma. Nie und nimma, - fasd. "

„Eben, - nur fast."

„ Nadierli nur fasd, wallmaja nie nie sohng soll. "

„Also Angeklagter, zurück zum Thema. Geben Sie den Ausspruch nun zu oder nicht?"

„ Hobbi Ihna doch scho gsachd Herr Rahd, dassined koo, wallimi ned erinner. "

„Der Kläger betont außerdem sehr strikt, Sie seien in Ihrer Ausdrucksweise immer recht extrem."

„ Iich, - rächdsäxdreem? Als alder Gwergschafdler? Wenni suwos scho här, könndi ja kerzagrod ... , awer douriewer willimi etz ned weida ausloun. "

„Ich sagte nicht rechtsextrem, sondern <u>recht extrem,</u> also sehr auffällig oder auch ausfällig."

*„Sehngs Herr Rahd, etz beweisns selwa, wie klaa der Underschied zwischa Schuld und Unschuld is. Rächdsäxdreem und rächd äxdreem. A klaans **s** is der ganze Underschied. Und bei mir isses a weichs **d**, etz konnimi blötzli widder ganz genau erinnern. "*

„Wieso ein weiches **d**?"

*„Noja, hald anschdadd dem scharfm **ß**! Der Glächer und sei Zaiche hamsi in aller Aafreechung verhärd. Di Kinder nadierli ärschdräächd! – I hobb gsachd dassi kerzagrod in die Lufd <u>scheidn</u> könnd. <u>Scheiden!</u> Verstennas? Von hinscheiden oder weggehen. – Freili wärs besser gwehn, ihädd glei gsachd, kerzagrod ind Lufd gäih`. "*

„Angeklagter, Ihre Begründung ist aber mehr als dünn."

„Su dinn hald, wäi zwischa rächdsäxdreem und rächd äxdreem. An aanzicher Bugschdob. "

Schweigen und Räuspern des Richters.

„Wosissn etz, Herr Rahd? Wesweeng sohngsn nix mähr zu mir? "

„Die Sitzung wird vertagt. Ich muss mir das nochmals reiflich durch den Kopf gehen lassen."

„Richdi Herr Rahd, richdich! Dennas des! Und schauasmi nuamol genau oh: Siechi wärgli aus wäia Mensch, der middan scharfm ß in der Luft rumwärfd, wou a weichs d hieg`härd?!"

POLIZEIUNTERRICHT

„I hobb g`härd, die Bolizei lernd aaf der Bolizeischoll, im Bolizeiunderichd, dassma a verdächdigs Haus imma vo hindn bedredn soll."

„Wohrscheinli, wall hindnnaus massdns die Schlofzimmer sin."

„Ach wos! Wall ma sie vovorn dann ned kumma sichd, die Bolizei."

„Ja awer, wenn des Haus hindn kann Eingang hodd?"

„In suan Fall derfns durchs Fensda."

„Beim Schlofzimmer?"

„Wous hald grod gäihd."

„Naja, dessis beim Schlofzimmer, wall dou`s Fensda massdns aweng offmschdäihd."

„Däi kumma aa nei wennsned offmschdäihd, walls des aaf der Bolizeischoll su lerna."

Des haaßd, däi könndn aa zuan andern Fensta nei, ned blouß beim Schlofzimmer?"

„No frahli. – Sochamol, wos hosdenn dauernd middm Schlofzimmer?"

„*Nuja, mei ärschder Fraind, der woar doch Bolizisd. Undäris imma bei meim Schlofzimmerfensda eigschdieng.*"

„Schauoh! Dou härdmers widder."

„*Ja ja! Allerdings hobbi bishäa gmaand, der wär freiwilli kumma. I hobb doch ka Ohnung g`habbd, dass däi des lerna.*"

DIE MUSCHEL

„Bassner aaf dein Moh aaf, dasserder nedaasu Mätzchen machd. Iich hobb mein Gärch scho gsachd, doumied brauchdermer goarned ohfanga. Wemma suwos härd, koomaja schier nimma hiehorng."

„Ja umwos gäihdsdenn iewerhabbd?"

„Des moußder ärschdamol vuhrschdelln, wos dära Kunni ihrm Hubert bassierd is."

„Du wärsdmi etz doch ned naigieri machng?"

„Naa, - awer sohng mouerders."

„Ja, ja, - wissn mäißdis scho."

„Wäi alle Joahr is der Hubert midseine Fraind ans Roude Meer, zum Daung.

„Ins Wassa?"

„Ja freili, wouanderschd konnsd ja ned daung."

„Des hobbija gmaand."

„Und waller fräih verschlofm hodd, woarn seine Kumbl scho wegg und er hoddsi aaner Grubbm vo Engländer ohschließn mäin."

„In suan Fall moumasi aa an Wegger schdelln."

33

„Jednfalls is der Hubert middi Engländer dauchd. Undäi homnan sugoar nu gwarnd, er soll ned bis am Grund noo daung. Är awer wolld ohgehm wäi a naggerder Necha. Und su woar däi Warnung völlich zwegglous. Der Hubert is noo, zwanzg Meeda, bis zum Grund."

„Allmächd, der draudsi fei wos. "

„Die Gwiddung hodderja aa gräichd."

„ Gell, däi Dschändlemän homnan ohzeichd?! "

„Ach wos, - inna Moluskng isser neikumma, mit seim Fouß."

„Ina Mollullo ...?? "

„A Molluske, des is a bsondere Muschl. Vo denna gibbds manchmol Riesnexemplare. Däi lieng halboffm, ganz harmlous aafm Meeresbuudn. Awer wennsd neikummsd, - midder Händ, middm Arm odderan Baa, schnabbds zou und lässdi nimma los. Däi häldi under Wasser fesd bis dersuffm bist."

„Höraaf, dou kommer ja nimmer hiehorng. "

„Hobbiderjascho am Ohfang gsachd. – Etz woar der Hubert also mid aan Baa doudrin g´hängd. Und waller ned aafbassd hodd, isser middm andern Baa in a fleichfressade Pflanzn neidredn."

„Allmächd, ina Fleischfressari!"

„Dära Pflanzn ihr Säure hodd nadierli soford `s Zersedsn ohgfanga. Die Kunni sachd, dem Hubert sei Fouß sichd aus wäia ohzulls Buddlesbaa."

„Sin di Zäja nu droh?"

„Drei hodder nu reddn kenna."

„Hoddersi wärgli selwa gredd?"

„Niemols. Der wär aaf der Muschl dersuffm. Die Engländer über ihm hom sei Siduäischn erkannd. Zu värd homsnan houchbrachd, - midsamd der Muschl. Däi homs middan Schdemmeisn aafbrechng mäin."

„Glaabsd, ibinetz ganz derlaawld. Wenni des direggd vo der Kunni erzilld grächd hädd, iiwär gladd in Ohmachd gfalln."

„Drum hobbs ja iich dir erzilld, um di Wirgung abzumildern."

„Und wos issetz middm Hubert?"

„A Bombmschdrofohzeich von Grienbies hodder am Hals."

„Vo Grienbies?"

„Freili, waller zum gewalldsammen Öffnen der Muschl sei Eiverschdändnis gehm hodd. Des woar Diergwälerei."

HALLOWEEN

Religionslehrer Hempel überblickte vor sich die dritte Klasse. Sie war heute vollzählig. Keiner war krank. Also begann er: „Wenn ihr aus dem Fenster unseres Schulzimmers blickt, was seht ihr da?"

Fritz meldet sich: „Baim."

„Und was fällt euch daran auf?"

„Dassi kaane Blädder mähr hom."

„Richtig! Die Bäume sind bereits kahl. Das zeigt uns an, dass der Winter kommt, - und damit das schönste Fest im Jahr. Und was ist das, Fritz?"

„Weihnachdn, Herr Lähra!"

„Nun denkt mal alle nach. Was ist der erste Gedenktag, der so richtig auf Weihnachten hindeutet?"

Die Klasse schweigt.

Fritz schwingt sich zu einer Antwort auf. „Wenni su iewerlech, dann is des Hallowien.!"

„Aber Fritz, - Weihnachten hat doch nichts mit Halloween zu tun."

„Awer mid Lichdla. Und davoh gibbds an Weihnachdn ganze Bäim vull."

Aus der Klasse meldet sich der dicke Max. „Sie homschorächd Herr Lähra. Nix hodds zodou middm Weihnachdn des Hallowien. Mei Vadder derzilld imma, wäi sie als Kinder – lang scho vuhr die Amerikaner – die Rangersn ausn Agger g`hulld, ausg`höhld, Aung und Maul rausgschniedn, a Lichdla neidou und ins Fesnsda gschelld, odder die Lait damied erschreggd hom."

Lehrer Hempel nickt beipflichtend. „Was dein Vater erzählt stimmt. Mit den Rangersn meinst du wohl die großen Futterrüben."

„Wassined, Herr Lähra. Rangersn sachd mei Vadder hald imma."

Hempel wendet sich wieder der Klasse zu: „Durch Halloween sind wir jetzt ganz von der Sache abgekommen. Was ist also der erste Gedenktag, der auf Weihnachten hindeutet?"

Von der vorletzten Bank links meldet sich ein Mädchen: „Der Bulzamärdl."

„Brav, Christine! Der Pelzmärtl! Ganz genau gesagt, der Heilige Sankt Martin, der seinen Pelzmantel zerteilte und die eine Hälfte einem frierenden Bettler gab."

„Awer aa blouß weil's Winda woar", wirft Fritz ein. "Im Summa hädder ka Fiddsala davoh härgehm."

„Im Sommer hätte der Bettler auch nicht gefroren", entgegnete Lehrer Hempel. „Außerdem, - Teilen bedeutet immer auch Gutes tun und das bringt Freude. Wer ist denn eigentlich dem Sankt Martin ähnlich? Ein Mann der auch Freude bringt!"

Von rechts kommt eine zarte Mädchenstimme. „Sankt Nikolaus."

„Gutgemacht, Lisa! Und wer von den zwei Heiligen ist denn nun der weihnachtlichere?"

Fritz springt auf. „Der Nikolaus nadierli. Ärschdns isser besser ohzung und sei Hugglkeedsn isimma suu vull, dass di Gschengge scho ohm rausbaumln. Dazou kummd nu sei fraindlichs Gsichd. Dessis a richdicher Weihnachdsmoh. – Der Bulzamärdl dageeng kummd massdns mähr als schlamberd dahär. Aaßerdem frogimi, ob si däi Ruudn iewerhabbd nu lohnd, wou doch nedamol die Lähra mähr Pfeedschla geem därfm. Miedbringa douder ja suwisu blouß hadde Niss und saure Äpfl."

Max springt auf. „Fritz, su konnsdesetz aa widder ned sohng. Iich hobb scho hochohständiche Bulzamärdl derlebbd, ohne Ruudn, däi homan Sagg ausgschidd dassnabloußsu grauschd hodd vuhr Bombom und Gummibärla. Dageeng hobbi scho Sank Nikoläuse miedgmachd, däi woarn mähr als lausi, däi hom iewerhabbd nix am Buggl g`habbd und woarn su schlamberd ohzung, dass sogoar ihrn Board verlurn ham."

Christine springt auf. „ Jednfalls ham alle zwaa Heilichng a komische Ohgwohnheid. A jeder will Gedichde härn. Megligsd lang. Jedesmol mouma drei Wochn vuhrihrm Erscheina scho ohfanga zu lerna. Ma kummd iewerhabbd nimma zum Schnaafm. Des findi ächd beschaierd."

Von ganz hinten rechts kommt die kecke Stimme von Lotte. „ Ick muß schon sajen: Mir stört ja ooch jewaltig, det die beedn Heilijen uff de Belange von uns Kindern keenalee Ricksicht nehmen. Meestens kommen se jerade dann anjetanzt, wenn `Tatort` wejonnen hat. Det is natürlich Jift fürs Jedicht., wat ja ooch prompt in`n Eimer jeht und sofortije Bettruhe zur Folje hat. Oosjerechnet dann, wenn im `Tatort` die Suppe am dampfen is."

Das aufkommende Beifallsgemurrmel beendete Lehrer Hempel indem er sich einschaltete: „Alles in allem sind eure Beispiele recht anschaulich, aber sie zeigen auch, dass Halloween nichts mit Weihnachten zu tun hat." Sein Blick ging in die Runde und fiel dann auf das skeptische Gesicht von Fritz. Also fragte er: „Kannst du dem immer noch nicht zustimmen, Fritz?"

„Wenni ehrli sei soll, – naa! Iich siech an groußn Zammenhang zwischa Hallowien und Weihnachdn."

„Und wodurch?"

„Durchng Nikolaus."

„Wieso?"

„Der grinsd bei uns imma genausuu wäia Kürbis an Hallowien."

ANSCHLEPPDIENST

„Du hosd also berufli völlich umgsaddld?"

„Vollständich! Zwengm Glimaschuds. Am Mondoch schdardi mei naie Firma."

„Wos fira Branschn?"

„Audo-Ohschlebbdiensd."

„Du maansd Autoabschleppdienst?!"

„Naa, Audo-Ohschlebbdiensd."

„Wäi dees?"

„Sogerderja, - zwengm Umweldschuds. Etz wou di Käld lousgäihd kummi grod rächd."

„Und wos hosd fira Schlebbfohrzeich?"

„Nu meine zwaa Gail."

„Gail?"

„Frahli."

„Undumaansd midenna schaffsdes?"

„Spielend. Beim Gscherr hobbi aweng rumgänderd und a bsondere Schlebbdeixl eibaud. Sin ja imma blouß a boar Schridd, däidi zwaa Glebber machng mäin, dann schbringa di Karrn massdns scho oh."

„Ja, awer sochamol, wos maggsdenn, wenn des Audo am andern Schdadtend schdäihd? Bis du mideine Gail dou hiekummsd, bisd ja scho a Schdund underwegs?!"

„In suan Fall brauchi meine Gail iewerhabbd ned. Des regld mei Schbezi, der Karl. Dessis mei Underundernehmer, mei Subundernehmer."

„Wäi dees?"

„Ganz aafach. Der Karl fährd midseim Dragder hie und hulld des Audo zo mir här."

„Raffinierd!"

„Ja ja, an där Medohdn hobbi lang dro rumdiffdld."

„Awer eingdli, - brauchds douzu ned aa widder Dreibschdoff? Du hosd doch gsachd zweng Glimaschuds?"

„Der Dragderschbridd durch die Schdadt fälld iewerhabbd ned ins Gwichd, wall der Audofohra verdrogli verpflichded wärd, bis zu mi här sein Läärlaaf eizlehng. Doudurch rolld der Woong fassd vo selwa."

„Maansd dasses ned bessa wär, dei Schbezi, der Karl, däds Audo glei an Ord und Schdell ohschlebbm? Dord, beim Kundn maani?"

„Um Himmlswilln! Hosdu schoamol gsehng, wenn a Dragder an Baamschdamm ausn Wald

*rauszäichd?Wos dou di Maschina bei Vullgas fira
Dieslwolgng hindn naushaud? Die reine
Umweldverschmuddsung!"*

„Aha. Und wennis fremde Audo dann bei dir ohrolld,
schdelld der Dragder sein Modor ab?"

*„Frahli! Dann dredn ja meine zwaa Gail in Aggzion.
Mid Hühodd, ohne Umweldverschmuddsung."*

„Undu dengsd scho, dass des alles glabbm doud?"

*„Hunderdprozendi! Dou fressi a ganze Dochesrazion
Hofer vomeini Gail."*

Vier Wochen später

„I hobb g`härd, du hosd dein Audo-Ohschlebbdiensd
widder aafgehm?"

„Mäin, - aafgehm mäin!"

„Wohl wegadi Gail? Dierschudsverein und suu, ha?"

„Ahwo."

„Wegawos dann?"

„Wegadi Lait."

„Wäi dees?"

*„Du glabbsds ja ned, wosfira griminelle Energie bei
meine Kundn zum Vuhrschein kumma is."*

„Wärgli?"

„Und ob! Soball dem Karl sei Dragder zehn Dagde gmachd hodd, hamsn driddn Gang neig`haud undsin davohgfohrn. Bis zu meine Gail is ka aanzicher ned kumma."

„No suwos."

„Awer die Verdrogsnummern homim Karl ja vuhrglehng. Doumied hoddersdann ohzeichd, di Flüchdichng."

„Ganz rächd."

„Von wehng! Beim Richder homs gsachd, sie häddnsi nimma oohaldndraua, aus Angsd, dassihna der Modor widder abfreggd."

„Und der Richter?"

„Hodd gsachd, das sei nicht ganz `von der Hand zu weisen` und hodds laafm loun."

„Und bei dir hoddsi aa kaaner mähr bliggng loun?"

„Doch, a boar Ohschdändiche ham scho vorbeigschaud."

„Und?"

„A Mützn vull Hofer hams miedbrachd, fir meini Gail."

WEIHNACHTSFABRIKATION

„Dass däi Sach middm Ohschlebbdiensd undeini Gail ned glabbd hodd, derfdi goar ned aafrehng Franz. Des woar ned dei Schuld. Susin ehm die Lait haidzudoch. "

„Beruhichdi Ferdinand! I louma beschdimmd kaane graua Hoar driewer wachsn. Durch sua Lährgeld kooma blouß lerna. "

„Richdi Franz! Ärschd kerzli hodd a Wissnschafdler berechnd: Jeder gemachte Fehler vermindert die Urmasse der Fehler um einen."

„Klingd eingdli goud. Awer, - verschdäihsdudes? "

„Wenni offm sei will – naa! Awer ibin iewerzaichd dasses schdimmd."

„Na wärds aa su sei. Jednfalls, dassi di Händ ned in Schuuß leech, des siggsd draußn am Blatz vuhr meim Käihschdall. "

„Ja ja, hobbs scho gsehng. A ganze Woonglodung Bohnaschdanga lichd dordn. Sicher firan bsondern Zwegg?"

„Genau! Däi brauchi fir mei Fabrikazion vo Weihachdsbaim. "

„Fabrikazion?"

„Du hosd scho richdi ghärd: Fabrikazion! –
Desmol hobbi nix middi Lait zu dou, sondern
blouß mid Baim. "

„Mid Weihnachdsbaim?"

„Jawoll, unzwar deshalb, walli däi kinsdlichng
Kunstschdoffbaim nimma sehng koo. Däi sinja a
Zumudung. "

„Aha, - und – wäi gäihdesdann? Di Fabrikazion
maani?!"

„Anundfirsich is des ja a Gehahmnis, - awer dir
sochis, wallsd mei Fraind bisd. "

„Etz bini awer gschbannd!"

„Also bassaaf! Däi Buhnaschdanga schneidi aaf
Läng und buhr in reglmäßichng Abschdändn
Löcher nei. Dann hulli aas mein Wald – du waßsd
ja, i hobb grouße Schonunga –, vodord hullimer di
Zweich vodi junga Bäim und leimsi in di
vuhrburdn Löcher. Doudurch wärn meine Baim
wunderboar gleichmäßi. Schenner als gwachsn!"

„Alle Achdung! Aaf sua Idee mouma ärschdamol
kumma. Und Bohnaschdanga grägsd imma
gnouch?"

„Im Joahr draaf brauchi ja scho kaane Schdanga
mähr. "

„Wisuu?"

Vom ärschdn Joahr här – sohngma amol, vom Buhnaschdangajoahr här – schdenna doch nu di nackerdn Schdämm ohne Zweich. Däi sächi ab und beschdüggsi widder middi Zweich voder nexdn Schonung. Und suu gäihdes imma weida. Nach zehjer Joahr sin am ärschdn Blatz die Baim scho widder nouchgwachsn firdi Schdämm vom neundn Joahr. Des härd nie aaf. Kummsd mied?"

„A richdigs Perpetuum mobile. Suvill Genialidäd häddi hinder dir nie vermuded!"

„ Mid meina Medohdn schmeissi di ganzn Kunstschdoffbaim aasn Weddbewerb naus."

„Däi Medohdn is aafach umwerfnd. - Aans däd mi ledichlich nu indressiern: Warum schneidsd ned vovornherei di gwagsnan Baim ab und erschborsder den Leim und di Buhrerei? Di Bohnaschdanga nadierli aa. Di gwagsnan Baim sin doch scho ferdi und fuller Zweich?!"

„Ja bisdu nu zräddn?! Dann wär des ja wäi fräihjer. Ka aanzicher Baam wär widder wäi der andere undi Kunstschdoffbaim nehmadn numähr iewerhand, wall di Lait imma gleichmäßiche Baim wolln."

„Enschuldigung! Woar blouß a Vuhrschloch. Wennsd maansd, dassis Buhrn und Leima besser is, na willi nadierli nix gsachd hom."

47

„Braugsdi ned zu enschuldichng. Durchdachde Vuhrschläch sollma nie verwerfm. - Nuja, wenni su iewerlech, a Joahr lang könndmas ja nuamol browiern, mid gwagsene Baim. "

„Du derfsd blouß ned vagessn: Wenn die Baim amol abgschlong und vakaffd sin, isses aus. Dir bleim dann kaane Schdämm mähr zum Vuhrbuhrn."

„Ja ja, goud dassdmi draaf hieweisd. Vuhrsichdi kooma goarned gnouch sei. Awer anderschdrum gsehng könndsi – aas Endaischung iewer di underschiedlich gwagsenen Baim – a ungehaiera Aafdrogsschdau fir di Baim nach meina Medohdn ohsammln. - I glaab i lassmer firs nexde Joahr sicherheidshalber nua Lodung Buhnaschdanga ohfohrn. "

„Des wärd ned `s Faldschesde sei. Und – wenns wärgli nix zu buhrn und leima gehm solld– als Brennhulz daung däi Schdanga allemol. Warme, gmiedliche Feierdoch sin ja aa wos wärt. Also dann: Frohe Weihnachdn!"

KUNTERBUNT

Dr. Schluck rief den nächsten Patienten auf. Dieser kam hastig durch die Tür, grüßte freundlich und setzte sich unbefangen auf den Behandlungstisch.

„Aha! Der Toni Pillenauer lässt sich wieder einmal sehen. Na ja, wo zwickt`s denn ?"

„Also ii waaß ned Herr Doggder, awer morngs, beim Aafstäih, ismer imma su blümmerand."

„Aha! Hast du schon einmal beobachtet, ob das tagtäglich so ist, oder nur wenn du abends getrunken hast?"

„A solche Beowachdung is hald schwär, walli ja jedn Ohmd a boar Mäßla drink."

„Aha! Nun ja Toni, ich denke wir bekommen die Sache auch ohne Beobachtung in den Griff."

„Dou wäri Ihna wärgli dankboar, Herr Doggder."

„Ja, ja. Also Toni, nun paß gut auf! Ich verschreibe dir jetzt das Beste, was es nach meinem Dafürhalten gibt."

„Dadsächli, `s Bessde? Und wos is dees?"

„Ich nenne es immer das sogenannte Osternest, weil jede Tablette eine andere Farbe hat, wie Eier an Ostern."

„Wir ham awer scho August!"

„Das tut nichts zur Sache. Für das Osternest gibt es übrigens noch eine andere Bezeichnung, nämlich: `Kaiser Wilhelm Gedächtnispillen`."

„Jaaa, wenn des Zaich sogar a Kaiser gnumma hodd, wärds aa fir mii `s Bessde sei."

„Ganz sicher. Aber das Wichtigste ist die Reihenfolge in der die Pillen zu nehmen sind. Aufpassen Toni! Aufpassen auf die Reihenfolge! Und die ist für früh, mittags und abends: Gelb – Blau – Rot!"

„Jawoll Herr Doggder! Fräih, am Middoch und am Ohmd: Blau – Rot – Gelb."

„Schon falsch, Toni! Gelb – Blau – Rot heißt es. Am besten du merkst dir folgenden Satz: `Ganz bestimmt richtig`. Jeweils der Anfangsbuchstabe der drei Wörter deutet schon die Farbe an:`Ganz` wie Gelb, `bestimmt` wie Blau und `richtig` wie Rot."

„Dann is des kaanerlei Brobleem Herr Doggder. Des konnama leichd mergng: `Richdi, gans beschdimmd`."

„Schon wieder falsch, Toni! `Ganz bestimmt richtig` muß es heißen."

„Ja richdi! Des `richdi`g`härd ja an`n Schluß. Etz hobbis intus Herr Doggder, `Beschdimmd gans richdi`."

„Falsch Toni! Falsch! Das Wort `ganz` kommt zuerst.“

„Awer nadierli Herr Doggder! Sie hom rächd! Gans richdi!“

„Jawohl, so ist es. `Ganz` kommt an den Anfang! Aber dennoch nicht vergessen, dass dazwischen noch `bestimmt` kommt. Dann ist `Ganz bestimmt richtig` komplett.“

„Noja Herr Doggder, dann hommers ja. Ibin etz vull im Bild. Di kaiserliche Reihenfolge wärdi kombledd eihaldn.“

„Ich hoffe es Toni, ich hoffe es! Wenn die Reihenfolge einmal falsch begonnen wurde, lässt sie sich nicht mehr rückgängig machen!“ –

Nachts um halb drei läutet bei Dr. Schluck das Telefon. Der Apotheker ist am Apparat.

„Herr Kollege entschuldigen Sie bitte die nächtliche Störung. An meinem Nachtdienstschalter steht ein Mann, der ganz aufgeregt erklärt, versehentlich zuerst `Blau` genommen zu haben, weil er gedacht habe, das sei `Bestimmt ganz richtig`. Aber jetzt glaube er erst richtig erkannt zu haben, dass `richtig` wahrscheinlich an den Anfang gehöre, weil `Richtig, ganz bestimmt` dann erst komplett sei. Doch sei er sich nun wiederum nicht im Klaren, ob das versehentlich eingenommene `Blau` durch `Gelb` rückgängig gemacht werde oder doch durch `Rot`.

Natürlich würde er, wenn nötig, gerne auch nochmal eine komplette Kaiserreihe einnehmen, aber dazu müsse er sich erst beruhigen und darum verlangt er jetzt noch zusätzlich eine Flasche meines Herzweins, denn er habe fürchterlichen Durst. Herr Kollege, hinsichtlich der Zurechnungsfähigkeit des Patienten habe ich höchste Bedenken. Was raten Sie?"

Es dauert einige Sekunden bis Dr. Schluck zu hören war.

„Aha! Bitten Sie den Mann doch in Ihren Ladenraum und geben Sie ihn mir an den Apparat."

Im Hörer entstanden Geräusche von geöffneten und sich wieder schließenden Türen und Schaltern, dann meldete sich eine aufgeregte Stimme: *„Ja, ii bins, der Pillnauer Doni. San Sie dordn Herr Doggder?"*

„Ja, ja Toni. Ich bin es schon. Bist halt doch durcheinandergekommen."

„Niemals Herr Doggder! Awer wall Sie gsachd hom, dassdi `Blaue` beschdimmd nu dazwischnnei g`härd, hobbisi vorsorchli glei am Ohfang gnumma, damidisi ned vergess. Ärschd dann isma kumma, dasdes ned gans richdi woar."

„Nun ja Toni, schon gut. Also das mit dem Apotheker seinem Herzwein lassen wir einstweilen sein, sonst ist dir morgen wieder blümerant."

„Und wos solli middi Billn machng?"

„Nichts Toni, gar nichts! Komm morgen früh zu mir in die Sprechstunde. Ich gebe dir statt des Osternestes eine `Kaiser Wilhelm Gedächtnisspritze`.“

„Dadsächli? A gelb-blau-roude Schbridsn? Dunnerkeil! Des wärd wohl `s Bessde sei und vuhr allem: `Gans beschdimmd richdi.“

DER MISTELZWEIG

„Die Hedwich is etz widder dahamm bei ihrm
Johann. Awer des Gerüchd, dassi vuhr vier
Wochng davohgloffem is, des hodd scho
gschdimmd."

*„Ja warum denn davohlaafm? Däi zwaa bassn doch
zamm wäidi Fausd aafs Aug."*

„Alles blouß wecha dem Misdlzwaach, den der
Johann vo seina Englandreisn miedbrachd hodd."

„Wecha an Misdlzwaach?"

„Genau! Däi schblienichng Englända hom dou suan
Brauch, wonouch ma a Frah küssn derff, wemma ihr
underan Misdlzwaach begeengd."

„A dybbisch englischer Schmarrn."

„ Där Johann hoddes awer ned su gsehng, sondern
den Zwaach in der Diele aafg`hängd; und zwoar suu,
dassei Frah undn durch gmäißd hodd, wenns indi
Küchng ganga is. Nadierli hodder des abbassd und
isserer dann imma zufällich begeengd damidder sie
hodd küssn kenna.. Där Lehnerts Marry hoddi
Hedwich gloochd, seit dem Misdlzwaach sei der
Johann wäi verhexd. Ihr dädn scho Mund und alle
Lippm wäih. Drum issi woahrscheinli aa
davohgloffm."

*„Wäi koo ma denn bloß wechera Misdl suan Zirgus
machng. Ohmds im Bedd hädder sei Frah doch lang*

gnouch küssn kenna."

„Naa! Under kaanen Umschdändn wär des ganga! Des mouma eisehng."

„Warum?"

„Anschdadd Zähnebuddsn, schneid`d si die Hedwich vuhrm Beddgang imma a boar Knublauchzäha klaa und issds aafan Budderbrod; geeng Influensa und firdi schlanke Linie, sachd sie."

„Hobbla! Dou sichd di Gschichd nadierli scho andersch här. Des wär ja scho firn Johann a Grund zun Davohlaafm gween. Schließli isser a blitzsaubers Mannsbild. Där machd scho wos här."

„Des hodd si ja dann aa erwiesn."

„Wisuu?"

„Wäier gansallaa dahammg`hoggd is, hodder den Misdlzwaach abbaud und in seim Gschäfd aafg`hängd. Er ärwärd doch insuan Großraumbüro mid lauder Damen."

„Sauwer! Undessis goud ganga?"

„Nuja, wäi ma´s nimmd. Einiche Damen jednfalls hom aa ohgfanga Knublauch z`essen."

„Aha, dou hommers scho. Und di andern?"

„Suweid der Johann beim Vuglwirt derzilld hodd, woar durch di villn Mehrfachbegechnungen ka genaue Iewersichd meechli."

„Wos haaßd <u>woar</u>? Isser denn nimmer dordn?"

„Sei Scheff hoddn doch in`n Außendiensd versedsd. `Zu Ihrem eigenen Schutz` hodder zo ihm gsachd."

„Und die Hedwich? "

„Issd ihrn Knublauch scho in allerfräih, vuhrm Zähnebuddsn."

„Und der Misdlzwaach?

„Hängd etz iewern Ehebedd! Die Misdl is ja a sugenannde Schmaroddserpflansn."

WELTALLGEFLÜSTER

„W aaßduu warum des eingdli Dalgschau
haaßd?"

„Wallsdou imma su dalgerd dahäaredn!"

„Awer Dalgschau is doch Englisch und dalgerd is
fränggisch-daitsch."

*„Des änderd alles nix. Denna ihr Gegwassl in der
Dalgschau bleibd dalgerd."*

„Ja wier, wir Franggng wissen um des dalgerde
Gschmarri, awer däi draußn im Weldall ned."

„Wäi kummsdn etz aafs Weldall?"

„No, des Gschmorgl gäihd doch alles durchng Ähder.
Di fremdn Galaxijen schließn doch vo dem Gwäsch
aaf unser irdische Indelligens, aaf unsern Iekuh-
Fakder."

*„Ob si däidodraußn iewerhabbd doumied
abgehm?!"*

„Middm Gesabber in der Dalgschau villeichd ned,
awer midunsere Schbrochng aaf der Ärdn scho. Däi
mäins ja kenna, sonst kennasisi midunsre Lait aafm
Maund Lapaloma ned verschdändlichn."

*„Middn Maund Lapaloma maansd wohrscheinli den
Mount Palomar in Kalifornien, in Amerika. - Awer
ob däi miduns iewerhabbd wos zudou hom wolln,*

wenn's häarn und sehng wos bei uns in der
Dellewischn fira Misd verzapfd wärd."

„Freili homsesned leichd midunserm irdischn Niwoo.
Awer hieundou wärns doch aa an fränggischn Senda
derwischn."

„ Selwsd wenn's aan vo unsere fränggischn Senda
aaf der Welln hom, kennas ohne Dolmedscher nix
damied ohfanga."

„Dann mou des Radiodeleskob am Maund Lapaloma
ehm schdundnweis middan Franggng besedsd wärn."

„Dees könnd a Lösung sei!"

„Awer wos fira Frangge? A Ober -, Under, - odder
Middlfrangge?"

"Des mouma nadierli behudsam enscheidn, vowehng
`m Nazionolschdolz."

„Gansrichdi! Dou g´härd vill Fingaschbitzngfüll
dazou. Jednfalls mou unsa Schdellverdreder a rains
Fränggisch schbrechng, - ein reines Fränkisch! – und
ned irchndsuan Dialeggd!"